Licht soll wieder werden

Licht soll wieder werden

Gedichte von Licht und
Liebe, Glauben und Vertrauen,
Dankbarkeit und Zuversicht

Rolf Reinhard

Illustrationen von
Christiane Herrmann

Bruno Gröning - Freundeskreis

Dieses Buch ist ein unverkäufliches Exemplar vom Bruno Gröning-Freundeskreis, das auf freiwilliger Spendenbasis abgegeben wurde.

1. Auflage 2008

Haidauer Str. 6, 93109 Thalmassing
Internet: www.bruno-groening.org

ISBN 978-3-86769-079-9

Inhalt

Vorwort

Am 7. Februar 1993 wurde ich zum zweiten Mal geboren. Geboren in eine mir bis dahin unbekannte Welt der Liebe und des Friedens, des Glaubens und Vertrauens. An diesem Tag wurde ich eingeführt in die Lehre Bruno Grönings.

Viele Jahre sind seitdem vergangen. Jahre, in denen ich erlebt habe, dass Gott für mich und für alle Menschen da ist, die sich Ihm zuwenden. Ich erlebte, wie mein Leben erfüllter und reicher wurde, wie es sich änderte.

Bruno Gröning ist ein wirklicher Freund, er verbindet uns auf einzigartige Weise mit unserem himmlischen Vater und Dessen unendlich wertvoller Kraft. Die Verbindung mit diesem Freund ist für mich ein wichtiges Lebenselement geworden, das ich nicht mehr missen möchte.

Im Laufe der Jahre durfte ich immer wieder Gedichte niederschreiben. Frau Marita Lanfer hat nun liebevoll ein paar davon ausgewählt.

Viel Freude, Licht, Liebe und Kraft beim Lesen!

Rolf Reinhard

Melsungen im November 2007

Der Anfang

Du bist es gewesen,
den ich einstmals fand.
Du hast mich erlesen,
reichtest mir die Hand.

Ich durfte zugreifen,
wusste nicht, warum,
war ich doch gekommen
klein und noch so dumm.

Hier erst durft' ich lernen,
dass es Gott doch gibt,
nicht nur in den Sternen,
und dass Er mich liebt.

Ein Kind Gottes heißen,
welch ein Glück für mich!
Licht begann zu gleißen,
warm und inniglich.

Liebesflut im Herzen
füllte mich ganz an,
fort die Lebensschmerzen,
weil das Glück begann.

Bruno Grönings Namen
stand am Anbeginn.
Er legte den Samen,
wies zum Vater hin.

Weist den Weg noch immer,
führt mich, und er spricht.
Er, mein Hoffnungsschimmer,
er, mein helles Licht.

Bruno Gröning

Bruno Gröning kam zur Erde,
sieh, er kam für dich und mich,
zeigte uns die Sündenherde,
sorgte, dass das Böse wich.

Bruno Gröning kam zur Erde,
brachte uns das Gotteslicht,
wollte, dass es Wahrheit werde:
Aufzuhalten ist es nicht.

Bruno Gröning hat genommen
manche Last ganz still auf sich.
Viele dürfen zu ihm kommen,
eines Tages kam auch ich.

Bruno Gröning hilft uns weiter
durch die Kraft aus Gottes Quell.
Dem, der will, ist er Begleiter,
und im Leben wird es hell.

Bruno Gröning, hört den Namen,
heilig ist es, was er tut.
Danke, Vater, Ja und Amen,
Heiligkeit erfüllt das Blut.

Bruno Gröning, sei gewogen
Gottes Kindern jeder Zeit,
und nimm fort, was uns betrogen,
mache uns das Herz ganz weit.

Weit für Gottes Herrlichkeiten,
für den Segen, den Er gibt.
Bruno Gröning, sollst uns leiten
zu dem Vater, Der uns liebt.

Der rechte Weg

Ich fühle mich geborgen,
spür‘ Deine Hand bei mir,
nimm Du mir alle Sorgen,
wie gern geb‘ ich sie Dir.

Ich weiß es, Deinen Segen
schenkst Du zu jeder Zeit,
um uns ans Herz zu legen
den Glanz der Herrlichkeit.

Das alles darf ich spüren,
seit Du uns hier beschert
den Freund, der Herzenstüren
uns öffnet und bekehrt.

Bekehrt zum rechten Denken,
zu ihm schließt sich das Band,
er kann uns Großes schenken,
denn er ist Deine Hand.

Durch seiner Lehre Wahrheit
führt Gott uns in Sein Reich.
Des Vaters lichte Klarheit
spür' ich ganz zart und weich.

Der Freund wirkt lieb im Stillen,
in Liebe, ohne Rast,
und führt nach Gottes Willen,
was du erbeten hast.

Sei mutig zu empfangen,
wirf auf ihn alles Leid,
dann kannst auch du erlangen
des Himmels Herrlichkeit.

Die Fülle Seiner Gaben
wartet dort schon auf dich,
sollst Seine Gnade haben,
heute und ewiglich.

Doch bitte tief im Herzen,
sag Dank, als sei's gescheh'n.
Lass los des Lebens Schmerzen,
dann kannst du Wunder seh'n.

Sag‘ Dank und glaube immer,
was auch der Tag dir bringt.
Es gibt stets Hoffnungsschimmer,
wenn in dir Liebe klingt.

Ja, Lieb‘ und Gottvertrauen,
das sind des Glückes Pfand.
Auf sie wollen wir bauen,
dann gibt uns Gott die Hand.

Als du mich riefst

Als ich zu dir gekommen,
da war ich ziemlich leer.
Du hast mich angenommen,
das half mir damals sehr.

Hier durfte ich erfahren,
was Gotteskindschaft heißt,
hier werde ich in Liebe
von Gottes Kraft gespeist.

Anders ist viel geworden
in dieser schönen Zeit,
zu gehen mit den Horden,
bin ich nicht mehr bereit.

Von allem darf ich haben,
von Liebe, Heil und Glück,
um mich daran zu laben,
ich will nie mehr zurück.

Ich will nicht mehr die Leere,
ich ließ sie hinter mir,
nur Gott geb‘ ich die Ehre,
o Freund, ich danke dir.

Du hast den Ruf vernommen,
den meine Seele schrie.
Du hast die Hand genommen
und sprachst: „Sei ruhig und sieh.

Sieh, Seele, jenes Leben,
das voller Wonne sei.
Dein Vater will‘s dir geben,
dann bist du endlich frei.“

Danke will ich sagen

Ich will Dir nun danke sagen,
danken will ich Stund um Stund,
Dankbarkeit an allen Tagen
tu ich Dir, o Vater, kund.

Danke sag‘ ich jeden Morgen,
wenn vom Schlummer ich erwacht,
fühle mich in Dir geborgen:
Danke für die gute Nacht.

Danke sehr, ich darf heut‘ leben,
dank dem Körper, der mich trägt,
dieses Wunder, mir gegeben,
sei mir heilig und gepflegt.

Dank‘ den Speisen, die mich laben,
Dank‘ der Kleidung, die mich schützt,
dank‘ dem Dach, das ich darf haben,
danke allem, was mir nützt.

Auch für Bruno sei Dir Ehre,
so ein Freund war vorher nicht,
danke auch für diese Lehre,
gib ihr Segen und viel Licht.

Ich weiß, wenn ich danke sage,
ob es klein ist oder groß,
wird sich mehren alle Tage,
was Du legst in meinen Schoß.

Du bist da

Du bist da, wenn ich dich rufe,
du bist da, wenn ich dich brauch'.
Du bist da, wenn ich dich bitte,
und oft spüre ich das auch.

Du bist da, wenn ich dich rufe.
Du bist da, weil Gott es will.
Du bist da, um uns zu helfen,
leise, immer, stark und still.

Du bist da, bevor ich's ahne,
denn du weißt ja, was geschieht.
Du bist da, um mich zu stärken,
wenn's mich mal nach unten zieht.

Du bist da, auch wenn die Augen
dich nicht schauen hell und klar.
Du bist doch an meiner Seite,
du bist da, wie wunderbar!

Du bist da, o Gottes Bote,
und du lässt mich nie allein.
Du bist da, als Freund und Lehrer,
niemals soll es anders sein.

Du bist da und lässt geschehen
manches, was mir nicht gefällt.
Doch mein Wille soll nicht zählen,
sondern Gott im Himmelszelt.

Du bist da, wenn ich dich brauche,
du bist mir so immer nah.
Und wenn ich im Herzen bitte,
weiß ich: Du bist einfach da.

Er kam in mein Leben

Einstmals war ich im Leben
vom Herrgott sehr weit weg.
Ich dachte, dass es schön sei,
und sah nicht Lug und Dreck.

Ich sah nicht jene Mächte,
die mich damals geführt.
Doch dann an jenem Tage,
da hat mich Gott berührt.

Ich hörte von dem einen,
der Bruno Gröning heißt,
und der den Menschen Wege
hin zur Erlösung weist.

Ich hörte von Gesundheit
und Heil und Kraft und Glück,
dann kam er in mein Leben,
ganz sachte, Stück um Stück.

Ganz einfach ist die Lehre,
die mir der Freund gebracht,
ich darf den Weg jetzt gehen,
den er uns frei gemacht.

Den Weg zum Herzensfrieden,
mein Herz jetzt offen steht
für Gott und für den Heilstrom,
für Liebe und Gebet.

Der Heilstrom gibt die Nahrung
und meiner Seele Licht.
Ich folge jenen Worten,
die Gott im Herzen spricht.

Herz, Herz, ich fand dich wieder,
das hat mir Gott geschenkt,
Der über allem thronet
und die Geschicke lenkt.

Ich will mich lenken lassen,
das Herz sagt dann, wohin.
Das ist für Gottes Kinder
des Lebens wahrer Sinn.

Und eines guten Tages
sind wir mit Gott vereint.
Das ist, wenn unsre Sonne
so hell wie Seine scheint.

Ich folge Dir

Ich folge jetzt der Lehre Dein,
ich will mich nicht mehr quälen,
nur lichtes Glück und Sonnenschein,
das will ich nun erwählen.

Ich folge jetzt der Lehre Dein,
ihr öffne ich die Türen,
und tief im Herzen zart und fein
kann ich die Liebe spüren.

Ich folge jetzt der Lehre Dein,
sie will ich nicht mehr missen,
o lass mich werden heil und rein
und mehre stets mein Wissen.

Mein Wissen von der wahren Welt,
von Gottes großem Werke,
wohin, o Herr, ich bin gestellt,
zu dienen Deiner Stärke.

Zu dienen wie ein kleines Kind,
voll Glauben und Vertrauen,
im Wissen, dass wir bei Dir sind,
auf Deine Liebe bauen.

Ich folge jetzt der Lehre Dein,
Du hast sie neu gesandt.
Du lässt den Freund stets bei uns sein,
er führt mit lieber Hand.

Mit lieber Hand und gutem Rat,
ist er für uns bereit,
mit seiner Lehre Liebessaat
hilft er zu jeder Zeit.

So folge ich der Lehre nun,
mein Herz füllt sich mit Wonne,
und voller Freude darf ich tun,
im Glanz der lieben Sonne.

Im Sonnenlicht der Gotteskraft,
die uns der Vater schenkt,
die in uns wahre Liebe schafft
und unsre Wege lenkt.

So folge ich der Lehre Dein,
ich folge Deinen Wegen.
Ich weiß, Du wirst stets bei mir sein
und leuchten mir mit Segen.

Ich gebe es dir

Ich weise es jetzt einfach ab,
was einst mich machte nieder.
Mein freier Wille hat die Kraft,
ich will es niemals wieder.

Ich werfe es jetzt einfach weg,
was ich nicht haben will
und bitte um die Kraft den Freund,
ganz demütig und still.

So will ich dir jetzt alles geben,
was du erbeten hast,
in Ordnung will ich wieder leben
und frei von aller Last.

Ich möchte es dir anvertrau‘n,
was mir ist viel zu schwer.
Ich will mir nicht den Weg verbau‘n,
wie gern geb‘ ich es her.

Wie gern wirst du mir alles nehmen,
wenn ich es gebe frei.
Ich brauche mich dann nicht zu schämen,
wie groß der Schmutz auch sei.

Ich gebe dir nun hin die Bürde,
die ich nicht tragen kann.
Hilf mir zu nehmen diese Hürde,
hilf, dass ich glaube dann.

Freiwillig kannst du alles haben,
die Sorgen, Not und Leid.
Gib du mir dafür Gottes Gaben,
gib mir ein neues Kleid.

Ein lichtes Kleid, ganz ohne Flicken,
ein Kleid, gar hell und rein,
das mag mir jetzt der Himmel schicken,
und es sei immer mein.

So hab' ich es dir jetzt gegeben,
und alles ist nun dein.
Was mich beschmutzte hier im Leben,
sei sauber, frei und rein.

Ja, Freiheit von gar vielen Plagen,
sie winkt mir durch des Heilstroms Fluss.
Ich hab' sie viel zu lang getragen,
mit jenem Alten ist nun Schluss.

Ich weiß, ich kann es hier erlangen,
halt' fest am Guten nun,
und helles Licht soll in mir prangen,
im Denken, Sprechen, Tun.

An deiner Freundschaft halt' ich fest,
das Licht wird heller dann,
weil du mich doch auch nie verlässt,
du braver Gottesmann.

Die Kraft der Einstellzeit

Ich spür‘ wundersame Kräfte
- in der Stille, im Gebet.
Ich spür‘ Heiligkeit im Herzen,
wenn mein Blick nach innen geht.

Ich spür‘ Liebe, Freude, Frieden,
denn der Geist ist jetzt in mir.
Das sind jenes Heilstroms Wellen,
das ist Gott, Er ist jetzt hier.

Einstellzeit, du Zeit des Geistes,
Dankbarkeit zieht himmelan,
weiß ich doch in meinem Herzen,
dass durch dich das Glück begann.

Unser Freund hat uns gelehret,
sprach von dir, o Einstellzeit:
„Betet oder denkt an Schönes,
öffnet euch und seid bereit.

Klopfet an bei unsrem Vater,
und der Strom wird fließen dann.
Bittet und euch wird gegeben,
unser Herr weiß, was und wann.“

Einstellzeit, o heilig‘ Wirken,
sei gehalten immerdar,
dann kann Gott das Leben führen
und beschenken wunderbar.

Dann ist Er in unsrem Leben,
das ist Umkehr, das ist Licht.
Treu als Kinder Ihm zu folgen,
das ist immer unsre Pflicht.

Ich spür‘ wundersame Kräfte,
in der Stille, im Gebet.
Ich spür‘ Heiligkeit im Herzen,
wenn mein Blick nach innen geht.

Ich spür‘ Liebe, Freude, Frieden,
denn der Geist ist jetzt in mir.
Das sind jenes Heilstroms Wellen,
das ist Gott, Er ist jetzt hier.

Des Vaters Hand

Du bist des Vaters Diener,
du bist des Höchsten Hand.
Du bist die liebe Seele,
die mich mit Ihm verband.

Die Hand, die mich lieb führet
auf meines Lebens Gang,
die Hand, die mich beschützet
mein ganzes Leben lang.

Die Hand, die mich lieb führet,
so wie‘s der Vater will.
O Freund, du wirkst in Demut,
in Treue und ganz still.

So spüre ich die Hand jetzt,
die zärtlich auf mir ruht,
die mich vom Übel reinigt,
und die nur Gutes tut.

Ich spür‘ sie und sag‘ danke,
welch Gnade liegt in ihr.
O Vater, lieber Vater,
nun weiß ich, Du bist hier.

Lass die Hand stets über mir,
sie gibt mir Schutz und Halt.
Dann wird es noch viel heller
und wärmer, wo‘s einst kalt.

Durch Bruno Grönings Freundschaft
bin ich Dir immer nah.
Du kommst herab zum Kinde,
Du bist ganz einfach da.

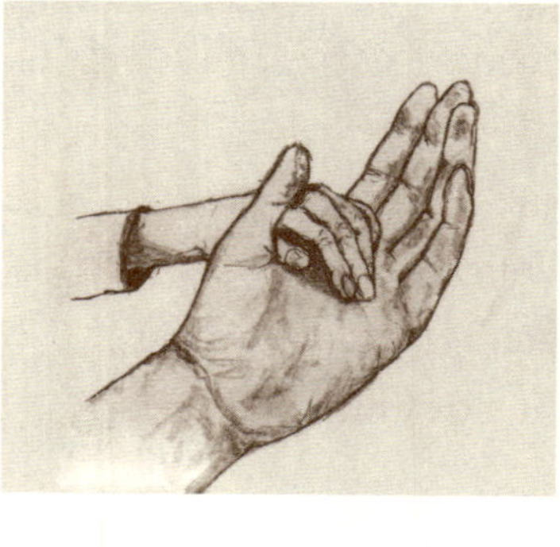

Du und ich

Meine Hände, Deine Hände,
meine Füße geh‘n für Dich.
Deine Worte will ich sprechen,
heute, morgen, ewiglich.

Mache mich zu Deinem Werkzeug,
das will ich, ich sag‘ es Dir.
Dafür möchte ich Dir geben
meinen Körper, er ist hier.

Auch die Seele magst Du nehmen,
dienen soll sie allezeit
Deinem Wirken, Deinen Werken,
Gnadenlicht der Herrlichkeit.

Dieses Licht, ich will es tragen,
sage mir, zu wem, wohin.
Nutze mich als Deinen Boten,
wenn ich gut bereitet bin.

Wenn ich würdig, so zu handeln,
mache mich ganz klar und rein.
Alles, alles, was ich gebe,
sei geheiligt, es sei Dein.

Meine Hände, Deine Hände,
auf die Tat nur kommt es an.
Lass mich so sein, wie es richtig,
richtig, dass ich handeln kann.

Meine Füße, Deine Füße,
gehe mit mir, geh' voraus.
Nur so kann das Werk recht werden,
Segen kommt vom Vaterhaus.

Meine Worte, Deine Worte,
hüte meiner Zunge Klang.
Liebesbotschaft soll ertönen,
überall auf meinem Gang.

Meine Seele, Deine Seele,
großes Licht, leuchte in mir.
Dann weiß ich, ich bin geborgen:
Du in mir und ich in Dir.

Folge dem Herrn

Dir, o Herr, will ich jetzt folgen,
wie es Bruno Gröning lehrt.
Gottverbunden will ich leben,
denn nur das hat sich bewährt.

Gottverbunden jede Stunde,
das ist es, was ich jetzt will.
Nur Sein Wille sei gehalten,
frage danach jetzt ganz still.

Denn Du, Herr, siehst ja das Ganze,
und Du weißt, was gut und recht.
Wenn ich ganz auf Dich vertraue,
ist im Leben gar nichts schlecht.

Sicher wird es Dinge geben,
die gefallen mir noch nicht,
dann will ich erst recht vertrauen
und fest glauben an Dein Licht.

Herr, Du willst für Deine Kinder
stets Gesundheit und das Glück.
Für den, der es haben möchte,
geht der Weg niemals zurück.

Für die wahren Gotteskinder
geht es vorwärts und voran.
Bruno Gröning wird uns helfen,
dieser brave Gottesmann.

Dazu müssen wir umkehren,
nicht ein bisschen - voll und ganz,
und den Vater immer fragen,
denn nur dann winkt uns Sein Glanz.

Dir, o Herr, will ich jetzt folgen,
wie es Bruno Gröning lehrt.
Gottverbunden will ich leben,
denn nur das hat sich bewährt.

Du sollst nicht weinen

Weine nicht, o liebe Seele,
wenn das Leben oftmals schwer.
Gott, der Vater, ist dein Hirte
und Er liebt dich doch so sehr.

Doch auch du bist wie ein Schüler,
der noch sehr viel lernen muss.
Dieses war nicht immer einfach
und es brachte oft Verdruss.

Kannst du doch nur so gelangen
an das Ziel der Seele dein.
Wenn du Schritt für Schritt begleitest,
was zu lernen hier wird sein.

Dieses Kreuz musst du wohl tragen,
aber nicht die schwere Last,
weil du doch von unsrem Vater
einen Freund erhalten hast.

Dieser kann sie für dich tragen,
aber bitten musst du schon,
sonst kann er dir auch nicht geben
deiner Liebe vollen Lohn.

Was du ihm gibst voller Liebe,
ganz und gar und ohne Scheu,
das wird er dir dann abnehmen,
in der Freundschaft, lieb und treu.

Und er kann dir auch aufzeigen,
was und wie zu tun nun ist,
und gar viel kannst du dann lernen,
wenn du wach und folgsam bist.

Unsrem Vater woll'n wir danken
für den Freund an unsrer Seit'.
Durch ihn dürfen wir erleben
unsres Himmels Herrlichkeit.

Woll'n in dieser Freundschaft stehen,
leben täglich wahr und kühn
und im Lebensgarten werden
täglich frische Rosen blüh'n.

In der Liebe woll'n wir leben,
wie es unser Freund gelehrt,
zu dem Nächsten und bedenken:
Auch wir selbst sind Liebe wert.

Glaube immer

Auch wenn es manchmal schwierig war,
so will ich dennoch glauben.
Ich ruhe tief in Dir, mein Gott,
darf mutig vorwärts schauen.

Grad, wenn es einmal schwierig war,
erweist sich wahrer Glauben.
Er sei gehalten immerzu,
ich lass‘ ihn mir nicht rauben.

Wie leicht ist es in guter Zeit,
dem Vater froh zu danken.
Es gilt, auch wenn‘s mal dunkel war,
in Liebe nicht zu wanken.

Der Freund steht uns behutsam bei
an solchen Prüfungstagen.
Bestimmt hat er gar manches Mal
in Liebe uns getragen.

Doch was ein jeder lernen soll
an manchen Lebensthemen,
da will er uns auch Lehrer sein,
das darf er uns nicht nehmen.

Drum glaube nur, wenn's schwierig
scheint, in diesem Erdenleben:
Der Vater kennt die Lösung schon,
und Er wird sie uns geben.

Er gibt sie uns zur rechten Zeit,
oft besser, als wir wollen,
denn Er weiß, wann der Plan bereit,
auch wenn wir oftmals grollen.

Er ist das Licht, o glaub' es nur,
es wird uns immer scheinen,
und einstmals wird sich unser Herz
ganz fest mit Ihm vereinen.

Das tägliche Einstellen

Wenn ich täglich mich einstelle,
setze ich mich aufrecht hin,
so wie es der Freund geraten,
weil ich dann ganz achtsam bin.

Öffne Hände und das Herz dann,
bin jetzt zum Empfang bereit,
für die guten Gotteskräfte,
aus dem Quell der Ewigkeit.

Nur das Gute ist mir heilig,
öffnet mir die Seele weit,
bitte Bruno, zu vermitteln
unsres Vaters Herrlichkeit.

In der Stille wird's gelingen,
jener Kraftstrom fließt in mich.
Gott selbst ist zu mir gekommen,
denn Er liebt mich inniglich.

Gott selbst ist mir so erschienen,
mit des Himmels Herrlichkeit.
Dankbarkeit füllt meine Seele,
nicht nur jetzt zur Einstellzeit.

Gottvertrauen

Übe dich im Gottvertrau‘n,
fühle dich geborgen.
Mutig sollst du vorwärts schau‘n,
Er wird für dich sorgen.

Er geht deinem Weg voran,
du hast Seinen Schutz,
dass dir nichts geschehen kann,
spürst du auch mal Schmutz.

Spürst du auch mal Schwierigkeit
in deines Lebens Tagen,
einst siehst du in der Ewigkeit:
Hier hat Er dich getragen.

Doch öffne Ihm die Türen weit
und frag‘ Ihn stets um Rat,
und sei dann voller Mut bereit
und schreite fest zur Tat.

In deinem Herzen zart und still
wird Er stets zu dir kommen.
Nun frage Ihn, was Er jetzt will
und heiße Ihn willkommen.

Doch übe dich im Gottvertrau‘n,
von selbst geschieht es nicht.
Nur dann kannst du in Demut schau‘n
die Stimme und das Licht.

Und Wunder werden dir gescheh‘n
auf allen deinen Wegen,
und du wirst die Erfüllung seh‘n,
denn du hast Seinen Segen.

Ich glaube fest

Ich glaube jetzt und glaube fest,
ich glaube heut und morgen.
Ich glaub', dass Gott mich nie verlässt,
Er wird stets für mich sorgen.

Ich glaube an des Vaters Macht,
ich darf sie hier ja spüren.
Ich glaub', dass Seine Hand ganz sacht
im Leben mich will führen.

Ich glaube an das Gotteswort,
so wie es mir gegeben.
Ich lass es niemals wieder fort,
es ist mir Licht im Leben.

So weiß ich auch, dass Gott mich liebt,
kein Zweifel trügt den Glauben.
Ich nehme an, was Er mir gibt,
das will ich mir erlauben.

So glaube ich, dass alles gut,
was je geschieht sodann,
und lodernd helle Glaubensglut
begleitet mich fortan.

Es ist der Freund, der Bruno heißt,
der das in mir entfacht.
Er ist es, der den Weg mir weist,
mich selbst zum Helfer macht.

Als Samen für das Reich voll Licht,
zu helfen und zu geben.
Denn von allein geschieht es nicht,
wir müssen danach streben.

Dem sei jetzt unser Tun geweiht,
ganz kraftvoll, wahr und klar.
Bezeugt des Vaters Herrlichkeit,
so licht und wunderbar.

Das Licht der Sonne

Scheine mir, du liebe Sonne,
leuchte mir, du gold'ner Stern,
Wärme, Liebe, Licht und Wonne
bringst du mir. Ich hab' dich gern.

Strahlst uns Menschen in die Herzen,
und wir alle lieben dich,
heller noch als tausend Kerzen
leuchtest täglich du für mich.

Bist vom Vater uns gesendet,
Gottes Bote, warmes Licht,
damit Kalt und Dunkel endet
und uns klar ist unsre Sicht.

Gott will uns so reich beschenken,
Er ist es, Der uns so liebt,
Er will uns auch gerne lenken
hin zu allem, was Er gibt.

Daran will ich immer denken,
wenn mir lieb die Sonne scheint,
nie den Kopf im Leben senken,
wenn auch mal die Seele weint.

Denn ich kann im Herzen bitten,
unsren Freund, der Bruno heißt,
und bei allen meinen Schritten
ist er's dann, der mich lieb weist.

Schickt mir Kraft, wenn ich's begehre,
darauf stell' ich mich gern ein.
Folgen will ich seiner Lehre,
soll auch mir ein Licht stets sein.

Will ein Licht auch selber werden,
für den Nächsten und für mich,
Liebeslicht allhier auf Erden,
heute, morgen, ewiglich.

Das Lied vom Einstellen

Ich darf mich auch heute stellen
auf des Vaters Kräfte ein,
auf den Heilstrom, diese Wellen.
Alles wird zum Besten sein.

Bruno hilft, sie uns zu senden,
so hat er es uns erklärt,
sollen unser Leben wenden,
sind der Stoff, der uns ernährt.

Wie ich's kenn' aus Brunos Worten,
setze ich mich aufrecht hin,
öffne meines Herzens Pforten,
habe Schönes nur im Sinn.

Und in mir ist tiefe Ruhe,
nehme mir dabei auch Zeit.
Für den Schatz aus Vaters Truhe
bin von Herzen ich bereit.

Sitz‘ ich so mit off‘nen Händen,
bitte ich den Freund so sehr.
Und er wird mir Gutes senden,
hoch vom Vater kommt es her.

Zweimal täglich will ich trachten,
dass ich mich so stelle ein.
Will den Körper stets beachten,
nur so werd‘ ich heil und rein.

Ich habe dich so lieb

Ich habe dich so lieb, mein Freund,
das möchte ich dir sagen.
Ich habe dich so lieb, mein Freund,
ich fühle mich getragen.

Ich hab' auf Erden manchen Freund,
doch keinen deinesgleichen.
Du hältst dein Wort, bist immer da,
das, Freund, sind deine Zeichen.

Ich hab' auf Erden manchen Freund,
doch keinen deinesgleichen,
Gesundheit bringst du, Lebensglück,
das, Freund, sind deine Zeichen.

Vertrauen ist's, das sag' ich fest,
das ich stets zu dir habe.
Ich habe dich so lieb, mein Freund,
du wahre Gottesgabe.

In dir, da leuchtet hell das Licht,
das uns vom Vater kündet.
Die Liebe zu dem Vaterherz,
hast du mir einst entzündet.

Ich habe dich so lieb, mein Freund,
die Wahrheit deiner Worte.
Sie bringt mich hin zum höchsten Glück,
sie sind die Himmelspforte.

In meinem Herzen weiß ich stets,
du hältst mich an den Händen.
Ich habe dich so lieb, mein Freund,
und niemals soll es enden.

Hilfe

O hilf mir, lieber großer Freund,
und lass mich nicht ertrinken.
Gib mir den Halt und auch die Kraft,
nicht auf den Grund zu sinken.

Und nimm mir allen Übels Last,
so wie du es versprochen,
so wie du oft getan es hast:
Der Bann ist jetzt gebrochen.

Bitte trockne meine Tränen,
mache mir jetzt immer Mut,
das stillt mir mein heißes Sehnen
- alles ist dann wieder gut.

Lass‘ stark sein unsrer Freundschaft Band,
halt mich im Arm ganz fest.
Sag‘ mir, wenn ich‘s noch nicht erkannt:
dass du mich nie verlässt.

Gib mir des Lebens ganze Pracht,
und Glück und Gottes Licht.
Bau mir daraus des Daseins Macht,
allein schaff' ich es nicht.

Bau mir aus deiner Lieb' ein Dach,
gib, dass es aufwärts geht.
Und achte, dass ich immer wach,
dann ist es nie zu spät.

Halt mich fest in lichten Höhen,
wo ich das Gute schau.
Ich geb' mich ganz der Ordnung hin:
Ich glaube und vertrau.

Ich will umkehren

O Bruno, was soll ich denn machen,
zu heilen die Seele, die wund?
Mein Herz will doch auch wieder lachen
und glücklich sein zu jeder Stund.

Lass mich nicht dem Leben entfliehen,
dem göttlichen, heiligen Ich.
Lass mich fest den Lebensweg ziehen,
zu finden das Glück dort für mich.

Lass mich nicht so vieles nur nehmen,
und Unwichtiges oftmals tun.
Ich will mich darum nicht mehr grämen,
ich will fest im Vaterherz ruh‘n.

So will ich dem Nächsten jetzt geben,
was bisher ich habe versäumt.
Lass leben mich jetzt jenes Leben,
von dem ich bisher hab‘ geträumt.

Mach', dass sich die göttliche Seele,
der Körper von allem befreit,
auf dass mich nichts Böses mehr quäle,
und gib, dass mir Gott jetzt verzeiht.

Gib, dass ich die Zeichen beachte,
die Er mir so liebevoll zeigt,
und wie Er im Herzen ganz sachte,
Sein Anlitz zum Kinde lieb neigt.

Gib, dass ich im Leben jetzt stehe,
wie es Gottes Vaterherz will,
und all Seine Wunder auch sehe,
voll Demut und Danke, ganz still.

Und öffne das Herz mir noch weiter,
zu sehen, was schau ich noch nicht.
Sei bitte auch stets mein Begleiter
und führ' mich vom Dunkel ins Licht.

Das Licht, das mein Vater geboren,
für alle, den Nächsten und mich,
das Licht, für das wir doch erkoren,
das Licht, dem die Dunkelheit wich.

Das Licht wird das Dunkel zerreißen,
und ich weiß im Herzen, auch mir.
Und ewiges Licht wird dann gleißen,
das Licht kommt, o Vater, von Dir.

Lieber, guter Freund

O Bruno, lieber, guter Freund,
ich will dich täglich bitten:
Nimm fort des Übels schwere Last,
lang habe ich gelitten.

O Bruno, lieber, guter Freund,
ich geb' dir alles hin.
Nimm es und gib mir Gottes Kraft,
weil ich sonst hilflos bin.

O Bruno, lieber, guter Freund,
lass mich den Heilstrom spüren.
Ich öffne dir jetzt Haus und Hof
und meine Herzenstüren.

O Bruno, lieber, guter Freund,
sei für mich immer da
und knüpf' zum Vater fest den Bund,
dann ist Er mir ganz nah.

O Bruno, lieber guter Freund,
ich will dir stets vertrauen.
Mach meinen Glauben stark und fest,
stets will ich aufwärts schauen.

O Bruno, lieber guter Freund,
komm, reiche mir die Hand.
Dann habe ich auf meinem Weg
stets Halt und sich'ren Stand.

O Vater, für den guten Freund,
will ich Dir danke sagen,
für alles, was er wirken darf
in meines Lebens Tagen.

Du trägst die Verantwortung

Du trägst die Verantwortung,
Gott hat sie dir gegeben.
Du trägst die Verantwortung
für dies, dein Erdenleben.

Du trägst die Verantwortung,
dein Leben zu gestalten,
schaffe fest mit Herz und Hand,
die Ordnung einzuhalten.

Du trägst die Verantwortung,
sie zieht sich durch dein Sein.
Du trägst die Verantwortung,
zuerst für dich allein.

Darum gib Leib und Seele,
was für sie stark und gut.
Den Gottespfad erwähle,
dort hol‘ dir Kraft und Mut.

Du kannst den Strom erspüren,
den Bruno fließen lässt.
Lass dich in Stille führen
heim in der Liebe Nest.

Heim in des Vaters Garten,
heim in Sein Reich voll Licht.
Dort wird Er dich erwarten,
hell ist Sein Angesicht.

Drum folge stets den Worten,
die unser Freund gebracht.
Dann öffnen sich die Pforten
und du schaust alle Pracht.

Doch du trägst die Verantwortung,
den Weg der Tat zu gehen.
Du hast den Willen in der Hand,
lass Rechtes nur geschehen.

Dann kannst du ein Zeugnis geben
von Seiner Herrlichkeit.
Dann führst du auch andrer Leben
zum Tore licht und weit.

Zeig‘ es fest dem Seelenkind,
wenn es dir anvertraut.
Lehre es den Liebeswind,
auf dass es aufwärts schaut.

Auf dass auch ihm im Herzen klingt,
was Bruno uns gelehrt,
was er uns stets an Gutem bringt,
wenn wir sind umgekehrt.

Ein jeder sei auf seinem Platz
des Lichtes gold‘ner Pfeil.
Dann öffnet sich der reiche Schatz
zu Liebe, Glück und Heil.

Doch trage die Verantwortung,
Gott hat sie dir gegeben.
Für dich, den Nächsten und das Glück,
für dies, dein Erdenleben.

Kostbare Zeit

Ich will keine Zeit vergeuden
mit Gedanken, trüb und schlecht.
Alles sei erfüllt mit Freuden,
Liebe, Frieden, Mut ist recht.

Ich will Gott die Zeit nicht stehlen
mit Geschwätz, so fad und leer.
Ich will stets das Gute wählen,
das erfreut den Vater sehr.

Ich will achten die Minuten,
die zum Leben ich erhielt.
Lebenszeit, ich will mich sputen,
weil mein Weg aufs Gute zielt.

Ich will Herr sein der Gedanken,
ganz bewusst wähl' ich sie aus.
Niemals will ich schlafen, wanken,
nein, das Böse werf' ich raus.

In der Liebe süßem Klingen,
geht mein Leben dann bergauf.
So darf ich in Gott mitschwingen,
und Er führt den Lebenslauf.

Lege mir in meine Seele

Lege mir in meine Seele
alles Gute nur hinein.
Alles, was ich täglich brauche,
lass es immer bei mir sein.

So will ich ein Leben führen
glücklich wie ein Königskind,
und im Herzen darf ich spüren,
dass wir stets zusammen sind.

Alle Liebe dieser Erde
soll in meinem Herzen sein.
Dafür will ich täglich beten,
dafür stelle ich mich ein.

Und vermehre meinen Glauben,
er soll werden stark und groß.
Und von allen schlechten Dingen,
lasse ich ganz einfach los.

Dann wird Gutes sich vermehren,
und mein Leben wird so reich.
Großer Gott, ich will Dich ehren
und Dir danken auch zugleich.

Lass die Seele nicht alleine,
schenke ihr den lieben Schutz.
Lass sie ganz wahrhaftig werden
und auch wehrhaft gegen Schmutz.

Schenke ihr auch das Erkennen
zum Woher und zum Wohin.
Darf mich jetzt zu Dir bekennen,
Dir zu dienen ist mein Sinn.

Tiefer Sinn in diesem Leben
ist es, Gottes Weg zu geh‘n,
stets in reiner Liebe geben
und die lichten Wunder seh‘n.

Am Grabe hier

Dankbarkeit ziert unsre Seelen,
wenn wir hier am Grabe steh‘n,
wenn wir diese Schlüsselworte
dort auf seinem Grabstein seh‘n.

Gott vertrauen und Ihm glauben,
festgehalten sei der Satz.
Dann kann unser Vater helfen,
dann wird uns zuteil Sein Schatz.

Bruno Gröning, deine Hände
halten wir im Herzen fest,
halten Gott so ganz die Treue,
bleiben brav in Vaters Nest.

Dankbarkeit ziert unsre Seelen,
wenn wir hier am Grabe steh‘n,
wenn wir diese Schlüsselworte
dort auf seinem Grabstein seh‘n.

Wofür sich das Leben lohnt

Du erfüllst mein Herz mit Freude,
das erfüllt mich ganz mit Glück.
Und in mir ist tiefer Frieden,
das will ich und nic ht zurück.

Nur dafür lohnt sich das Leben,
Dir zu dienen bin ich hier.
Und wenn ich mal etwas brauche,
dann bekomm' ich es von Dir.

Du erfüllst mein Herz mit Freude,
das erfüllt mich ganz mit Glück.
Und in mir ist tiefer Frieden,
das will ich und nicht zurück.

Doch ich muss den Kurs auch halten,
nur im Guten geht's voran.
Ich will Gutes denken, sprechen
und es tun, wo ich auch kann.

Bin ich so in guter Absicht,
ist mein Wille klar und rein,
wird der Freund mir gerne helfen.
So soll es für immer sein.

Gottes Kraft füllt mich mit Freude,
bin erfüllt vom Himmelsglück.
Und in mir ist tiefer Frieden,
das will ich und nicht zurück.

Wohin soll ich denn gehen?

Sag', wohin soll ich gehen,
bliebe ich gar nicht hier?
Es mag der Wind ruhig wehen:
Ich stehe fest zu Dir.

Ich habe hier gefunden
an Gutem gar so viel,
und meinen Lebensstunden
gibst Du stets Halt und Ziel.

Hier darf ich täglich bitten
um alles, was ich brauch',
und wenn ich fest dran glaube,
bekomme ich es auch.

Vielleicht kommt es nicht immer,
so wie ich's haben will,
und oft muss ich auch warten,
geduldig, lieb und still.

Doch Gottes weisem Willen,
ihm beuge ich mich gern.
Er wird den Durst mir stillen,
das Glück ist nicht mehr fern.

Es ist in meiner Mitte,
dort ist des Vaters Reich.
Und wenn ich darum bitte,
spür ich die Kraft sogleich.

Die Kraft, die mich verbindet,
mit meines Vaters Quell.
Die Kraft, die überwindet,
das Dunkel wird nun hell.

Wohin soll ich denn gehen,
bliebe ich gar nicht hier?
Es mag der Wind ruhig wehen:
Ich stehe fest zu Dir.

Hier hast Du meine Hände,
nimm sie und führe mich
bis an mein Lebensende,
o führ‘ mich ewiglich.

So hab‘ ich oft gesungen,
so will ich es auch tun.
In Dir soll all mein Sehnen
und meine Hoffnung ruh‘n.

In Deine Hände leg‘ ich
mein ganzes Sein hinein.
Das wird mir die Erlösung
und meine Zukunft sein.

Mein Herz will ich Dir öffnen,
so komm nun ganz zu mir.
Und alle meine Liebe,
die schenke ich jetzt Dir.

Ich will zurück gar nimmer,
denn hier ist's hell und warm,
und bin ich mal nicht glücklich,
nimmst Du mich in den Arm.

Du bist mein treuer Hirte,
lass mich ein Schaf Dir sein.
Denn ohne Deine Güte
wär' ich doch ganz allein.

Drum: Wohin soll ich gehen,
bliebe ich gar nicht hier?
Es mag der Wind ruhig wehen:
Ich stehe fest zu Dir.

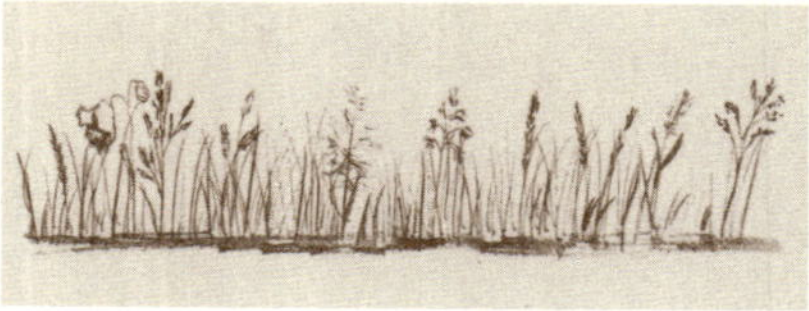

Wir kennen dich

Es gibt so viele Menschen,
die kennen dich noch nicht.
Sie kennen nicht die Gnade,
sie kennen nicht dein Licht.

Du kamst einst für uns alle
und hast uns viel gelehrt,
die Wahrheit einzuhalten,
denn nur die ist es wert.

Ist‘s wert, weil sie zum Guten,
zu unsrem Vater führt,
Der uns bei unsren Bitten
mit Seiner Kraft berührt.

Du kamst auf diese Erde,
doch es gefiel dir nicht.
Da redete Gottvater
und bat dich aus dem Licht:

„Ich brauche dich auf Erden“,
so sprach der Herr zu dir,
„zu helfen allen Wesen.
Drum bleibe bitte hier.“

Du hast dein Ja gegeben,
und wirkst so wunderbar.
Zeigst uns den Weg zum Vater,
der uns verschlossen war.

Du hast ihn uns erschlossen,
mit Freude gehen wir,
wohl nach des Vaters Willen,
mein Freund, wir danken dir.

Gar viele woll‘n wir werden
auf unsrem Weg zum Licht.
Wir sagen‘s allen weiter,
denn viele wissen‘s nicht.

Des Vaters große Liebe
gilt allen auf der Welt.
Drum bist du, Freund, gekommen,
und du bestellst das Feld.

Wer Ohren hat, der höre,
wer Augen hat, der sieht,
wie unser lieber Helfer
uns hin zum Lichte zieht.

Der Auftrag

Unsre Welt war voller Sorgen
und sie war voll Dunkelheit.
Siehe, da war Gottes Leuchten
wieder neu für uns bereit.

Dieses Licht heißt Bruno Gröning,
brachte uns so viel zurück,
unsres Vaters reiches Wissen
von dem Weg zum Lebensglück.

Bruno Gröning kam zu weisen
uns den rechten, guten Pfad.
Hin zu Vaters lichtem Reiche
hin zu Seiner lieben Gnad:

„An den Vater sollt ihr glauben
und auch mir ganz fest vertrau‘n.
Auf den Vater dürft ihr zählen,
auf den Vater dürft ihr bau‘n.

Und dann richtet die Gedanken
auf das Allerhöchste nur.
Dann könnt ihr das Glück erlangen
auf der lichten Gottesspur.

Voller Heil und guter Kräfte
sollt ihr Menschen immer sein.
Auf des lieben Vaters Heilstrom
stellt euch täglich ganz fest ein."

Auch nach Bruno Grönings Heimgang
wächst die Lehre und das Licht.
Ja, es waren seine Worte:
„Aufzuhalten ist es nicht."

Es umspannt die ganze Erde,
jenes wunderbare Band,
dieses Band der vielen Freunde,
die das Heil im Herz erkannt.

Es wird niemals, niemals enden,
weil es unsrem Gott gefällt.
Jenes Licht wird hell und heller
und es rettet unsre Welt.

Dafür, Freunde, gilt's zu kämpfen,
mutig voran und mit Herz.
Unser Weg ist immer siegreich,
unser Weg geht himmelwärts.

Aufzuhalten ist es nicht

Aufzuhalten, liebe Seele,
aufzuhalten ist es nicht.
Niemand kann die Flamme löschen,
immer heller strahlt ihr Licht.

Niemand kann den Weg begrenzen,
den die Flamme sich jetzt bricht.
Sie strahlt schon an vielen Orten,
die bereit sind für das Licht.

Niemand kann jetzt noch aufhalten,
was Herr Gröning einst begann,
als er war auf dieser Erde,
fachte er die Flamme an.

Diese Flamme schien erloschen,
glimmte nur noch lange Zeit.
Doch das alles hat ein Ende,
Sieg heißt's jetzt auf Ewigkeit.

Auf, helft mit, ihn zu erringen,
nehmt das Licht, tragt es empor.
Unser Freund wird weiter helfen,
so sind wir ein Lichterchor.

Lasst es uns jetzt allen sagen,
steht zum Licht und zeigt es vor.
Leuchten soll die ganze Erde,
Flammenlicht vor jedem Tor.

Gottes Reich bricht sich die Bahnen,
Er, der Vater, ist das Licht.
Aufzuhalten, liebe Seele,
aufzuhalten ist es nicht!

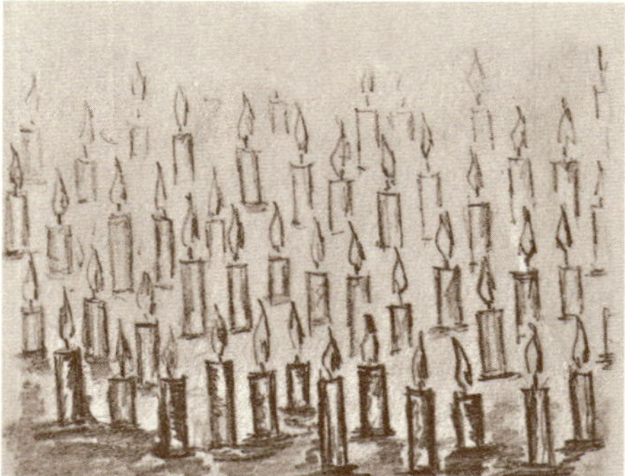